I0686238

NOTRE-DAME

D'AMIENS

Ode Sacrée

SOUVENIRS HISTORIQUES

PAR H. LE GUERN

PARIS

AU COMPTOIR DES IMPRIMEURS-UNIS

QUAI MALAQUAIS, 15

1843

NOTRE-DAME

D'AMIENS

Ode Sacrée

SOUVENIRS HISTORIQUES

PAR H. LE GUERN

PARIS

AU COMPTOIR DES IMPRIMEURS-UNIS

QUAI MALAQUAIS, 15

—

1843

De ce sainct lieu sans pareil magnifique,
D'ordre, compas, gentillesse, beauté,
D'entreprise, art, matières, fermeté,
Arche sur arche, esleuvant sa fabrique :

Petit crayon de Syon la mystique,
Tout faict à iour, où le fidel monté
Par six degrés, d'un et d'autre costé
Se promenant, il demeure ecstatique.

De ce lieu, dis-je, arrive le Seigneur,
Mais le pasteur et l'époux de bon-heur :
Ouurez la porte, ô princes de l'Église,

Plus haut encore s'esleue mon portail
Ie veux de iour qu'il entre en son bercail
Le souuenir un miracle éternise.

ADRIAN DE LA MORLIÈRE,

Chanoine de l'église cathédrale de N.-D. d'Amiens.
Les Antiquités, histoires et choses remarqua-
bles de la ville d'Amiens, livre II, 3ᵉ édition.
Paris, 1642.

A M. Hugues Cherbette,

Directeur de département des Contributions Indirectes, Membre de la Légion-
d'Honneur, à Versailles.

La basilique d'Amiens est aux autres temples gothiques ce que Saint-Pierre de Rome est aux temples modernes du premier ordre.

P.-D. HUET, évêque d'Avranches, *Parall. des temples anciens, gothiques et modernes,* etc.

L'église cathédrale d'Amiens surpasse, par la grandeur de ses proportions et la richesse de ses ornements, la plupart des temples construits en Europe, dans le moyen âge.

A.-P.-M. GILBERT, *Descript. hist. de l'égl. cath. de N.-D. d'Amiens,* 1835.

La féodalité demanda à l'architecture des remparts, des tours et des créneaux, capital inappréciable de travail qui ne devait pas profiter aux siècles qui ont hérité du moyen âge. Les tours menaçantes sont tombées; les clochers protecteurs sont encore debout.

DESMICHELS, *Précis de l'hist. du moyen âge.*

MONSIEUR,

Envisagés sous le point de vue symbolique, les monuments religieux du moyen âge, vous le savez, sont des livres qui nous attestent la toute-puissance du christianisme sur l'esprit de nos pères.

Afin d'exprimer et de transmettre sa pensée aux siècles futurs, sous une forme unitaire, gigantesque le plus souvent, et durable, quiconque, avant l'invention de l'imprimerie, naissait avec une âme ardente et sentait germer en soi la semence du Christ, — l'intelligence, la vérité, l'ordre, la lumière, — se faisait architecte et se joignait à ces pieuses corporations d'artistes de toute espèce qui, sous sa direction spéciale, ont doté l'Europe de magnifiques cathédrales (1). Malheureusement, le temps impitoyable nous enlève, tous les

---

(1) « Alors, quiconque naissait poëte se faisait architecte. Le génie
« épars dans les masses, comprimé de toutes parts sous la féodalité
« comme un *testudo* de boucliers d'airain, ne trouvant issue que du
« côté de l'architecture, débouchait par cet art, et ses iliades prenaien
« la forme de cathédrales. » V. Hugo, *Notre-Dame de Paris*.

jours, un feuillet de ces livres historiques, fruits d'une large conception ; et, certes, chacun déplore, avec un célèbre contemporain (2), l'acharnement des *démolisseurs* qui vont çà et et là, devançant l'action du temps (3); et qui, après avoir balayé, — c'est l'expression, — l'emplacement vénérable, osent se remettre à l'œuvre pour maçonner et badigeonner, pour outrager, par de misérables copies, le style greco-romain.

Justement regardée comme prototype dans son genre, la basilique d'Amiens fut entreprise en 1220 et achevée en 1288 (4). Rien n'égale la rectitude de son plan ; — la sombre majesté de sa façade où trois portiques, chargés de figures et d'ornements, s'enfoncent en ogive ; — la projection et l'élégance de ses arcs-boutants; le dessin de sa ceinture de galeries;— la légèreté de sa flèche pyramidale. Rien, non plus, ne surpasse la pureté des lignes de ses colonnes ; — la ciselure de ses chapiteaux ; la science et la hardiesse de ses voûtes; — la délicatesse de ses roses dont les vitraux coloriés transmettent le jour extérieur en le nuançant d'or, de pourpre et d'azur (5) ; — la beauté de sa perspective. Ni l'Alhambra de Grenade bâti au milieu d'une forêt d'arbres aromatiques, avec des vues sur une contrée accidentée de montagnes et de plaines fertiles ; ni la mosquée de Cordoue, aux mille colonnes de marbre et aux quatre-vingts portes de bronze (6) ; aucun de ces témoignages merveilleux de l'invasion musulmane, du génie et du goût, qui s'étaient donné rendez-vous à la cour

(2) V. Hugo.

(3) Des calculs rigoureux font connaître que la France possédait, avant 1793, plus de 1,700,000 monuments religieux, sans compter les oratoires et les chapelles de famille.

(4) Voy. la note 9, f° 44.

(5) Cette église a beaucoup perdu de son effet par l'absence des verres de couleur qui décoraient également ses fenêtres.

(6) Voy. Ch. Mills. *Hist. du Mahométisme*, etc. 1 vol. 1825.

— 7 —

des premiers princes de la dynastie des Ommiades, n'offrit
tant de splendeur.

Les faits historiques qui, à diverses époques, se sont accom-
plis sous le ciel où s'élèvent les murs de cette vaste enceinte,
occupent une place importante dans la triple série religieuse,
morale et politique.

Et, ici, les faits, les événements de toute nature qui re-
montent à l'ère de la domination romaine, avant Constan-
tin, ne sont pas indignes de ceux qui, à partir de ce règne,
ont précédé ou suivi la renaissance des lettres, au xve siècle :

Théâtre successif de plusieurs transformations sociales,
fécondes en grands résultats ;

Séjour de J. César, de l'empereur Antonin et de son fils
Marc-Aurèle (7) ;

Terre inondée du sang des confesseurs qui, sous Dioclétien
et Maximien Hercule (8), firent triompher la cause de l'Évangile, ainsi qu'aux arènes de Constance et de Galère, et dont le
vol, guidé par la Foi, s'éleva jusqu'à Dieu ; anges revêtus de la
palme immortelle ; personnification glorieuse d'un dévoue-
ment qui échappe aux sens grossiers du vulgaire, et qui suffi-
rait encore pour enfanter des miracles ; — vivant tableau que
les pâles esquisses de Swédenborg (9) ne sauraient rendre
saisissable ;

(7) « L'on retire du cinquiesme liure de la guerre gauloise que là de-
« meuroit César, qu'il y tint la diette de la Gaule, y serrait le bagage de
« l'armée, les otages des citez, etc.
...« Enuiron l'an 150, Antonin le Débonnaire, empereur, auec son fils
« Marc-Aurèle s'y compleurent et l'enrichirent beaucoup, au rapport de
« Sigebert. »
Adrian de la Morlière. Les antiquités, hist. et choses plus remarq. de
de la ville d'Amiens, éd. Paris, 1642.
(8) Voy. la note 18, fo 46.
(9) Phil. suédois qui, prenant pour la réalité les visions de son cerveau en délire, s'imaginait pénétrer dans les arcanes les plus profonds

Diocèse de Philippe de Maisières (10), de Vatable (11), de Le Fèvre (12), d'Estumel (13), de François de Bourbon (14), de Poilly (15), de Frassen (16), de Péquigny (17); de

de la nature, pouvoir franchir la barrière qui sépare le fini de l'infini, le visible de l'invisible, le connu de l'inconnu, le ciel de la terre, et, enfin, avoir commerce avec le monde des esprits en général, et avec les anges en particulier.

(10) Né dans le chât. de Maisières, vers 1327. Il fut chan. d'Amiens, chancelier de Pierre, successeur de Hugues de Lusignan, roi de Chypre et de Jérusalem ; et, enfin, gouverneur du dauphin, depuis Charles VI. C'est lui qui, avec Pierre de Craon, obtint de ce roi, en 1395, l'abrogation de la cour qu'on avait alors de refuser le sacrement de pénitence aux criminels condamnés à mort.

(11) Vatable (François), ou Watebled, ou Gastebled, né à Gamache; personnage des plus savants de son temps (1500). Il s'acquit une grande réputation par ses leçons et par ses notes sur la Bible, et fut le restaurateur de l'étude de la langue hébraïque en France.

> Vatable qui de la physique
> Leuant son vol d'un ton plus haut,
> En chaire royale et publique
> Professa la grace hébraïque,
> Docte au langage du Très-Haut.
>
> ADRIAN DE LA MORLIÈRE.
> *Antiquités hist. et choses plus remarq. de la ville d'Amiens poétiqvement traictées*, édit. 1727.

(12) Fèvre d'Estaples (Jacques le). (*Faber Stapulensis*), natif d'Estaples, et mort en 1537, fut précepteur du troisième fils de François Ier.

(13) Gentilh. des env. de Péronne (appelée, autrefois, *Mons Cygnorum; Péronne la Pucelle*), s'y renferma, en 1536, pour la défendre contre le comte de Nassau ; ce dernier fut obligé de se retirer après un mois de siége et après avoir donné quatre assauts à la place.

(14) François de Bourbon, comte de Saint-Pol et de Chaumont, etc., naquit à Ham en 1491. Il se signala à la bataille de Marignan, en 1515, où il fut armé chevalier.

(15) Poilly (François de), né à Abbeville (*Abbatis-villa*) en 1622. Louis XIV le fit son graveur ordinaire par un brevet du 31 décembre 1664, « en considération de son expérience et des beaux ouvrages qu'il a mis au jour tant en Italie qu'à Paris. »

(16) Frassen (Claude), savant cordelier, natif de Péronne, fut reçu docteur en Sorbonne en 1662.

(17) *Bernardinus a Piconio*, savant capucin, né à Péquigny en 1633,

Galland (18) et de ce moine éloquent (19) qui, le premier, parcourut l'Europe en prêchant la délivrance du Saint-Sépulcre;

Berceau de Hugues (20), de Bauhin (21), de Mirammont (22), de Rioland (23), de Voiture (24), de Ducange (25), de Mascleff (26) et de Gresset (27);

et mort à Paris en 1709. Auteur d'un *Commentaire* sur les Évangiles et d'une *Triple Exposition* sur les Épîtres de saint Paul.

(18) Savant académicien et professeur d'arabe au collège royal à Paris. Naquit au bourg de Rollo en 1646. On a de lui plusieurs ouvrages fort estimés, entre autres, les *Mille et une Nuits*.

(19) Pierre l'Ermite, cél. solitaire, né à Amiens ou aux environs, et mort le 7 juillet 1115.

> L'hermite qui comme un tonnerre
> Esclatant par la chrestienté,
> Facond l'esmeut toute à la guerre
> Pour affranchir la saincte terre,
> Où Christ nous mit en liberté.

ADRIAN DE LA MORLIÈRE.

Les antiqvités de la ville d'Amiens, etc., édit. paris., 1642, *Ode panégiriqve où la ville d'Amiens parle*, f° 115.

(20) Hugues *d'Amiens*, surnommé, aussi, *de Rouen*, fut abbé de Roddinges, en Angleterre, et ensuite archevêque de Rouen, en 1130. Mourut en 1164. C'était, disent les contemporains, un des plus grands, des plus pieux et des plus savants évêques de son siècle.

(21) Bauhin (Jean), célèbre médecin-chirurgien du seizième siècle. Il exerça son art à Bâle, et mourut en 1582, à 71 ans.

(22) Mirammont (Pierre de), conseiller en la chambre du trésor, à Paris. Mort le 11 juin 1611, à 60 ans. Ses ouvrages sont estimés.

(23) Rioland (Jean), grand philosophe et habile médecin. Mort le 11 octobre 1605.

(24) Voiture (Vincent), de l'Académie française, né en 1598.

(25) Charles du Fresne, seigneur du Cange, trésorier de France, et l'un des plus érudits de son siècle; né le 18 décembre 1610.

(26) Mascloff (François), savant des dix-sept et dix-huitième siècles.

(27) Voy. la note 17, f° 46.

Tombeau de ce chef espagnol qui vainquit nos pères, à l'aide d'un stratagème (28);

Muséum de tombeaux plus précieux, et chers à nos cœurs, qu'une main pieuse a soustraits au marteau des vandales, et dont chaque marbre orné d'attributs révèle aux vivants la cendre du juste qu'il recouvre, de même qu'autrefois les rames et les filets désignaient les restes du pêcheur grec Pélagon (29);

Quelle contrée classique, sinon celle qui, au diré des historiens, étendait les limites de sa puissance jusqu'à la mer britannique, de l'un et de l'autre côté de la Somme (*Mare Britannicum attingebat*), et qui, lorsque Lutèce était encore enfermée dans une île où les Druides présidaient aux sacrifices humains, arma dix mille hommes contre Jules César (30);

(28) Cette anecdote est tellement connue qu'on s'est dispensé de la reproduire ici.

Après s'être emparé de la ville d'Amiens (1597), Hernandès-Teillo, Porto-Carrero en fut gouverneur pour l'Espagne, et y mourut la même année d'un coup qu'il reçut en défendant un ravelin contre l'armée d'Henri IV. On l'enterra d'abord dans le chœur de l'église cathédrale; mais, bientôt après, son corps fut tiré de ce lieu, par ordre d'Henri IV, et on le transféra dans une autre partie de l'église. Voici l'inscription abrégée qu'on voit sur une des dalles du pavé qui recouvre sa dépouille mortelle :

1597

H   =

W

Les lettres H, W, sont les initiales d'Hernandès et des gardes wallonnes dont il était capitaine lors de la prise d'Amiens.

(29)   *Piscatori Pelagoni pater suspendit Numiscus*
 Nassam et Remum, monumentum malæ vitæ.

Sapho, Ex. *Antolog.*, lib. III, c. IV, 4.

(30)   Diray-je que ma renommée
 Ja cognüe de deux mille ans,

quelle cité, sinon celle d'Amiens (34), regardée, du vivant de Julien l'Apostat, comme riche et florissante entre toutes celles de la seconde Belgique (32); quelle page, sinon celle

> Me vante dès lors estimée,
> De fournir à la Gaule armée
> Dix mille choisis bataillans.
>
> ADRIAN DE LA MORLIÈRE,
> *Les Antiquités de la ville d'Amiens*, etc., 1642, f° 1.

J. César met effectivement en compte dix mille hommes combattants que devaient fournir les Ambianois... *XV millia Atrebates ; Ambianos X millia; Morinos XXV millia*, etc. Lib. II, cap. primum. *Belyarum conjuratio*, etc.

(31) Bâtie sur l'ancienne chaussée romaine, dans une vallée fertile, la ville d'Amiens est connue sous différents noms; entre autres sous ceux de *Polyrrhoé, Calirrhoé, Archipel de Some*, et sous celui de *Sumarobriva Ambianorum*, du nom de la rivière de la Somme, nommée anciennement *Samara* (et, depuis, *Sumina, Sommona*), et du mot *Briva*, qui, dans la langue celtique, signifie *un pont*; en sorte que *Samarobriva* (*va, ga* ou *na*), César dit *Sumarobrina*, est la même chose que *Pont sur la Somme*.

> Ce beau fleuve qui me diuise
> En tant de parts et cerne en rond
> Et me faict une autre Venise
> Par la fructueuse entremise
> De son cours ainsi vagabond.
>
> ADRIAN DE LA MORLIÈRE,
> *Les Antiquités de la ville d'Amiens*, f° 128.

(32) Ammien Marcellin, secrétaire de l'empereur Julien, cite, en effet, cette ville comme étant des plus illustres et magnifiques entre toutes celles de la seconde Belgique. *Huic annexa est secunda Belgiqua qua Ambiani sunt, urbs inter alias eminens.* Voy. l'abbé de Maroles, trad. fr., 1672, 3 vol. Paris. — Gronovius, in-fol. 1693, Leide.

La Gaule belgique qui, selon J. César, Strabon, Solin, etc., était limitée par le Rhin, peut s'enorgueillir, à juste titre, d'avoir donné naissance au royal époux de sainte Clotilde, à Charles Martel, à Charlemagne, à Godefroy de Bouillon et à Jeanne d'Arc. Pour Charlemagne, j'admets ici l'opinion émise par quelques historiens (entre autres par R. Wassebourg, archidiacre de l'église de Verdun. *Antiquitez de la Gaule belgicque, royaulme de France, Austrasie et Lorraine*, etc. 1549), que ce prince naquit à Ingelheim, ville qui faisait partie de la Gaule belgique.

d'une histoire qui nous fait assister au triomphe sur les dieux
de l'Olympe, au triomphe du christianisme dont l'influence
a fait perdre à la vertu ce caractère farouche de violence et de
ruse qu'elle affichait dans les sociétés antiques; quels événements, quels actes, quels souvenirs, en effet, furent jamais
plus dignes de nos méditations?

De même que, la nuit, traversant la place publique où l'in-
strument de la justice des hommes se dressa pour trancher la
tête du fils de saint Louis (33), le voyageur admire l'aspect
grandiose de cette place, et s'imagine la voir transformée en
chapelle ardente par une couronne étincelante d'étoiles tom-

---

(33) S'il était permis d'élever la voix après les V. Hugo, les Lamar-
tine et tant d'autres nobles antagonistes du maintien de la peine de mort,
l'auteur mettrait à jour une notice ayant pour titre : *Décadence de
l'institution de la peine de mort*, etc.; notice dans laquelle, remontant
aux époques civilisées les plus reculées, il cherche à établir que la peine
dont il s'agit est non seulement *immorale et inique*, dans son application, mais encore *complétement inutile*, eu égard aux résultats que le
législateur se propose d'atteindre; qu'enfin son *abolition*, dans plusieurs
états, et notamment, en Russie, sous le règne d'Élisabeth, n'a jamais eu
pour effet d'accroître le nombre des coupables.

Il est question, ici, non pas d'un roi malheureux, non pas d'un parti
quelconque, mais de la société tout entière, dont chaque membre peut
devenir l'objet d'un *châtiment* d'autant plus *injuste* que le juge peu
éclairé, ou dont on surprend la religion, ne peut revenir sur ses *mé-
prises*.

L'application de la peine de mort, on l'a dit, est un crime de lèse-
nature; politiquement parlant, elle aigrit les partis, prolonge leur existence, et, jusqu'à un certain point, légitime les représailles.

Il est bon de faire cette remarque que, de tous temps, l'institution de
la peine de mort a rencontré des adversaires.

Thucydide est le premier historien qui en proclama l'inutilité.

Diodore rapporte (Liv. I, chap. 65) que Sabacon, roi d'Égypte, com-
mua cette peine en une condamnation aux travaux publics.

Euripide dit qu'anciennement nos pères avaient arrêté que quiconque
aurait souillé ses mains dans le sang d'autrui eût à ne plus se montrer

bées du firmament : ainsi l'intérieur du temple d'Amiens paraît le soir, aux fêtes solennelles, et, surtout, à l'heure mémomorable de l'avénement du Messie. Le sanctuaire est magnifiquement éclairé par des Archanges tenant des flambeaux d'or;
le pontife est là, célébrant les divins mystères. Tour à tour,
sa voix prophétique instruit l'humble troupeau des fidèles ;
elle s'élève, pleine d'harmonie, brûlante d'ardeur et de foi,
traversant la voûte sonore, pour chanter, — comme le Poëte-
Roi sur la harpe israélite, — les louanges du Seigneur ; souvent, aussi, pour aller au devant de sa colère et tâcher de la
fléchir.

Mais ne viens-je pas de narrer le passé ? Et n'est-il pas
plutôt vrai de dire, actuellement, que *les voies de Sion pleurent, parce qu'il en est* beaucoup *qui ne viennent plus à
ses solennités* ?

Les temps sont bien changés !

Dieu des chrétiens ! les sophistes qui se rangeaient, naguère, sous la bannière des Porphyre, des Iamblique et des Libanius, pour combattre ta Loi sainte, ont brisé les portes de la
mort ! Ils sortent en foule de l'abîme où la parole de tes serviteurs les avait plongés !... Ils se pressent, menaçants,
devant tes tabernacles !...

Où sont les adversaires éloquents de l'égoïsme et de l'impiété ? Les saint Méthodius, les Eusèbe, les Appollinaire, les
saint Augustin, les saint Jérôme, les saint Cyrille et les
Théodoret (34) ?

dans le pays. L'exil était la seule peine qu'on lui imposât ; et il n'était
pas permis de lui ôter la vie comme il l'avait fait lui-même à un autre.

Le crime de manger un homme mort, a dit un philosophe, n'est
rien en comparaison du crime de tuer son semblable.

L'auteur prie le lecteur de lui pardonner cette disgression.

(34) Noms des principaux pères de l'Église, qui ont réfuté les sophistes,

Où sont les grands hommes de l'humanité?

Ah! quel reproche amer résonne à mon oreille !... *Jérusa-*
lem, Jérusalem qui tues les prophètes et qui lapides ceux
qui sont envoyés vers toi, combien de fois ai-je voulu ras-
sembler tes enfants comme une poule rassemble ses petits
sous ses ailes, et tu ne l'as pas voulu (35)?

Revenons :

En considérant, à l'extérieur, les pierres découpées, cise-
lées avec art, qui, croisant, entrelaçant de tous côtés leurs
vives arêtes, couvrent cette basilique d'un léger tissu, véri-
table dentelle dont les broderies délicates et les détails inouïs
sont empreints de la couleur bronzée des siècles; en considérant, sous le point de vue artistique, cet ensemble harmonieux de richesses architecturales qui s'élancent de la base, et
vont, réduisant leurs proportions, former un couronnement
aérien; on dirait, encore debout au milieu de ruines sans
nombre, mais lasse de gémir sur la dispersion des tribus de
Jacob, une reine dont le front sublime touche aux marches
du trône porté par les Dominations, et dont l'âme brisée adore
l'Eternel, dans la profondeur de ses décrets.

Parmi ces ruines où s'abritent l'indifférence religieuse et le
fanatisme, disons mieux, le désordre politique, — faibles

en général, et, en particulier, le grand *Traité* que composa Porphyre
contre la religion chrétienne, lequel traité n'est point parvenu jusqu'à
nous.

Porphyre, cél. phil. platonicien, natif de Tyr, vécut jusqu'à la fin
du troisième siècle. Théodose-le-Grand fit brûler ses livres, en 388.

Iamblique de Chalcide fut disciple d'Anatolius et de Porphyre.

Libanius, fameux rhéteur grec, avait eu pour disciples saint Basile et
saint Jean-Chrysostôme (quatrième siècle).

(35) Matth. 23, 37.

arbrisseaux que le moindre vent renverse, ainsi que tout ce qui ne s'appuie pas sur la croix de Jésus-Christ, — parmi ces ruines brillent encore, isolés comme les phares sur l'océan ténébreux, quelques croyants, esprits supérieurs qui ne désespèrent ni de la réorganisation prochaine, ni de l'avenir pacifique des sociétés, veuves, aujourd'hui, de tout plan providentiel. Vers eux, le poëte aime à se tourner ; car, pour charmer les longues heures de l'exil terrestre, il a besoin d'un auditoire devant lequel il puisse donner un libre cours à sa pensée.

Je n'ai pu contempler cet édifice imposant, ni songer aux principaux événements dont ses murs et ceux d'une cité, jadis réputée sainte, furent témoins, sans me hasarder à traduire, sur le papier, quelques-unes de ces émotions graves et profondes qui s'emparent soudainement du chrétien lorsqu'il s'attache à découvrir, dans toutes choses, la bonté, la justice, l'unité, la grandeur de celui qui est la vérité même, et qui, seul, renversant l'empire d'un fatalisme brutal, a préparé l'association universelle, en fondant la chaire de saint Pierre sur les débris du Lycée, du Portique et de l'Académie ; en opposant la Bible, ce livre authentique des destinées humaines, aux poésies profanes d'Homère, d'Hésiode et de Virgile.

O enseignements du passé ! rien ne résiste à l'Incréé de qui tout émane et qui voit marcher la Mort devant sa face (36) ! Il commande à la mer d'ouvrir un passage à son peuple chéri et de submerger Pharaon et son armée ; ou bien il dit aux sables du désert d'épargner la grotte du solitaire et d'ensevelir des villes florissantes : et les éléments lui obéissent. Il souffle sur Memphis, Carthage et Tentyra : déchues de leur splendeur, elles sont là, gisantes sur le sol. Son regard s'a-

---

(36) .. *Ante faciem ejus ibit mors.* Cantiq. d'Habacuc, ch. III.

baisse sur Thèbes aux cent portes qui renfermait le tombeau superbe d'Osymandué (37) : et Thèbes n'est plus, elle-même, qu'un vaste tombeau. Les apôtres de son fils et leurs successeurs parcourent la terre : et les royaumes idolâtres de la terre sont démembrés ; les chênes de la forêt de Dodone, la statue d'Ammon, les temples de Délos, de Delphes et d'Apollonie cessent de rendre des oracles ; l'antre de Trophonius et celui de la sybille de Cumes restent muets de terreur... Le règne universel de l'Evangile commence. Rome passagère des Césars est éclipsée par Rome éternelle du monde chrétien !

Dieu seul, en un mot, voit fuir le torrent des siècles ; il hait les maximes, il renverse les œuvres de l'impie, et, plus visiblement que jamais, protége les temples que nous restaurons et ceux que nous élevons, comme autant d'arches saintes, pour énarrer sa gloire et garder ses institutions !

Notre-Dame d'Amiens, tel est le titre d'un essai poétique que j'ébauchai en traversant la Picardie, — sans avoir eu, toutefois, la prétention d'être poëte, — et que vous m'avez permis de vous dédier aujourd'hui, monsieur, comme une manifestation de mon respect et de ma reconnaissance.

Je suis, etc.

H. L. G.

1845.

(37) On ne peut lire, sans étonnement, ce que Diodore de Sicile, liv. 1, sect. 2, raconte de la magnificence de ce monument et des sommes immenses qu'il avait coûté.

NOTRE-DAME D'AMIENS

ODE SACRÉE

2

1

Mon église, ma Calliope,
Ma toute belle au front doré
Qui le parfait mesme enuelope
Où comme estoilles en grand' trope
Reluist son chapitre honoré.

ADRIAN DE LA MORLIÈRE.

Les Antiq. de la ville d'Amiens, etc., éd. Paris,
1642. Ode panigériqve où la ville d'Amiens
parle, fo 81.

Vieux temple d'*Abladène* (1), aux sculptures légères,

Refuge ouvert sans cesse à toutes les misères,

   J'admire ta splendeur !

Et le regard fixé sur tes sacrés emblèmes,

Oui, j'adore, en esprit, des volontés suprêmes,

   La sainte profondeur.

Le temps, autour de toi, vole comme la flèche ;

Tout, dans cet univers, se fane et se dessèche

   A son fatal aspect :

      2.

Toi seul as triomphé sur le gouffre des âges,
Et ton auguste Croix qui s'élève aux nuages (2)
    Commande le respect.

Oh ! combien, maintenant, rentrés dans la poussière,
Combien, sur ton pavé, disaient l'humble prière
    Que Christ leur enseigna !
Vous qui marchez, hélas ! sur la pente des crimes,
N'étiez-vous pas les fils de ces âmes sublimes
    En qui la foi régna ?

Répondez tous ici, vous dont l'orgueil immense
De ses forces présume et brave une croyance
    Pleine de majesté :
N'apercevez-vous pas le cèdre des montagnes
Par l'ouragan vainqueur, à travers les campagnes,
    Comme l'herbe, emporté (3) ?

Ainsi l'arbre fertile en funestes doctrines
Du sol est arraché, jusqu'aux moindres racines,
    Par la main du Seigneur !
Ainsi, contre son nom, vos forces conjurées
Succomberont toujours, et se verront livrées
    Au vent de sa fureur (4) !

Celui qui, parmi nous, apporta l'Évangile,
Doit, sans partage aucun, régner sur cette argile
      Où s'agite l'orgueil !
Car lui seul est puissant, sa gloire est infinie,
Et les cieux reniront quiconque le renie
      Sur les bords du cercueil (5).

II

Nous voulons parler du superbe dédain
des matérialistes modernes qui osent com-
parer leur logique à celle des Leibnitz,
des Descartes, des Mallebranche, des
Newton, des Pascal, des saint Thomas
d'Aquin et des saint Augustin.

Mais tous ces étrangers dont la foule savante
Contemple de ton chœur la face étincelante
   Sans penser au Dieu fort :
Ne sont-ils pas plus froids, poétique demeure !
Que le marbre vanté de cet *enfant qui pleure* (6),
   Assis près de la mort ?

A quoi peut leur servir la science du monde,
Puisqu'ils restent plongés dans une nuit profonde
   Aux pieds de tes autels (7) ?

Cette science, enfin, sait-elle que répondre
Lorsque, dans son éclat, ta chaire (8) vient confondre
Les vaniteux mortels ?

Malheur, malheur à qui, dans sa fausse sagesse,
Professant l'athéisme, oppose sa bassesse
A l'immortalité !
Un céleste avenir s'ouvre aux regards de l'homme :
Mourant, la mort chrétienne est l'œuvre qui consomme
Notre félicité.

III

... *Omnes qui me oderunt diligunt mortem.*

Tous ceux qui me haïssent (dit le Seigneur)
aiment la mort.

SALOMON, VIII, 56.

Quand les temps finiront dans la plaine étoilée,
Soudain les éléments, sur la terre ébranlée,
            S'entrechoqueront tous.
Nous entendrons, alors, couvrant des bruits horribles,
Le Très-Haut prononcer ces paroles terribles :
            « Sceptiques, levez-vous ! »

Voyez cet incrédule : — il repoussa, naguère,
La main qui, le sortant d'une vile poussière,
            De ses dons lui fit part : —

A cette voix, il sent, — cruelle certitude ! —
Qu'abominable à Dieu fut son ingratitude...
      Mais il le sent trop tard !

Oh ! si, moins insensé, l'homme voulait comprendre
Que, dans l'éternité, son sort doit seul dépendre
      De ses actes divers :
Irait-il donc encor, ambitieux, parjure,
Se prosterner, hélas ! devant l'idole impure
      De ce siècle pervers ?

IV

Heureux qui, de ce monde, abjure les chimères
Dans ce spacieux temple, entrepris par nos pères,
   Sous Évrard de Fouilloy (9) !
Heureux est le mortel dont la noble constance
Traverse ouvertement le cours de l'existence,
   S'appuyant sur la Foi !

Heureux le prêtre encor que l'amour saint enflamme,
Qui ne voit rien de beau que la beauté de l'âme !
   Souvent, sur le pécheur,

Le prêtre selon Dieu, priant, verse des larmes,
Car, aussi, rien n'est bon, rien, pour lui, n'a de charmes
     Que la bonté du cœur...

Oh ! qu'il est grand, cet homme en qui la Providence
Attentive à nos maux, comme un brasier immense,
     Plaça la charité !
Pour tout être souffrant, prompt, il se passionne :
Il soulage, il bénit le frère qu'abandonne
     Notre inhumanité (10) !

Mais, après Dieu, qui sait, du prêtre, sur la terre
Où tout n'est que mensonge, impiété, misère,
     Qui sait le dévouement ?
Même pour l'apostat qui l'abhorre et l'outrage,
Quand, de la vérité, sa voix rend témoignage,
     Ange, il prie ardemment !

Quels souvenirs ! quels faits remplissent ma mémoire
Lorsque je me reporte à la touchante histoire
   De ces murs consacrés (11) !
Ici, sont, avec Dieu, les urnes sépulcrales
Soustraites, par miracle, au marteau des vandales (12)
   Qu'a l'enfer inspirés !

Ici, du jour dernier, sont les gloires futures !
Ici Jean de la Grange (13), à côté des sculptures
   Du célèbre Blasset (14) !

Ici, du précurseur, est la relique sainte (15) !.
Ici Jean Demandolx (16) ! et, dans la même enceinte,
      La cendre de Gresset (17) ! !

Ici Firmin l'apôtre (18) ! aux païens redoutable
Son sang l'a recouvert d'une gloire durable.
      L'Evangile, par lui,
Voyait briller des jours à ses fils plus prospères...
Jours féconds en vertus, âge d'or pour nos pères
      Dont il vécut l'appui !

Pardonne, ô saint martyr ! si ma muse chrétienne
Fière de t'honorer, mais s'élevant à peine,
      Prend son vol à tes yeux ;
Si, ne pouvant répondre au zèle qui m'anime,
J'ai redit, dans mes vers, sans atteindre à la cime,
      Tes travaux glorieux !

VI

L'homme, de doute en doute et d'erreur en erreur,
Arrive quelquefois à connaître son cœur.
Plus d'ombres désormais, pour lui, plus de mystère ;
Il pèse dans sa main les choses de la terre,
Et regarde en pitié nos révolutions,
Le flux et le reflux des sourdes passions,
Et se demande, enfin, pourquoi tant de fatigues,
Tant de luxe et de bruit, de calculs et d'intrigues ?

HONORÉ BONHOMME,
Coup d'œil en arrière.

Ici se sont montrés, dans leur toute-puissance,

Saint Louis (19), Charles six (20), et ce roi que la France

Vit naître protestant (21) ;

Ici, devant Valois, forcé de comparaître,

Le fier Edouard vint, et rendit, mais en traître,

Un hommage éclatant (22) !

Ici, -- parmi des noms illustres dans l'histoire (23), --

Passa Louis-le-Grand, préservé par la gloire

De la nuit du trépas ;

Ici, Napoléon, pleuré du brave encore,
S'arrêta tout pensif... et la dalle sonore
     Fut l'écho de ses pas !

Napoléon...ʻô ciel ! quel signe de ta force !
Quel glaive destructeur part des bords de la Corse
     Pour servir tes desseins !
Napoléon... quel mot pour ébranler l'Europe !
Quel étonnant génie à tous se développe,
     Et quels nobles destins !

Il dit ; et chaque Roi se courbe à sa présence ;
Et les peuples voyant, aux jours de sa puissance,
     Passer le conquérant,
Tremblent sous ce regard dont les flammes rapides
Répandent leur éclat sur les restes livides
     Du désordre expirant !

Asseyant ses soldats sur des trônes qu'il fonde,
L'orgueilleux Roi des Rois veut régner sur le monde...
     Tout à coup l'Eternel
Souffle sur sa grandeur, par lui seul soutenue...
Cette grandeur, hélas ! qu'est-elle devenue ?
     Dis-le moi, fier mortel ?

VIl

O Dieu terrible, mais juste en vos conseils
sur les enfants des hommes, vous disposez
des vainqueurs et des victoires! Pour accom-
plir vos volontés et faire craindre vos juge-
ments, votre puissance renverse ceux que
votre puissance avait élevés. Vous immolez
à votre souveraine grandeur de grandes vic-
times, et vous frappez, quand il vous plaît,
ces têtes illustres que vous avez tant de fois
couronnées!

FLÉCHIER,
Oraison funèbre de Turenne.

Oh ! si ma voix pouvait, noble et retentissante,

En traversant ces murs, cesser d'être impuissante,

Pour leur dire, aux humains :

« Le temps dévore tout et Jehovah seul reste !

« Des trônes, des cités, la chute nous atteste

« Que nos travaux sont vains ! »

Si je savais leur dire, aux fils d'un même père :

« Celui qui, follement, des choses de la terre

« Poursuit l'éclat trompeur,

« S'il vient à triompher, au matin de la vie,

« Succombant, tôt ou tard, sous les coups de l'envie,

      « Connaîtra la douleur !...

« Du temple de la gloire ayant atteint le faîte,

« Nul ne peut résister au fort de la tempête !

      « Ainsi, du haut des airs,

« Assailli, tout à coup, devant la multitude,

« L'aigle des légions tomba de lassitude

      « Sur l'abîme des mers (24) ! !

    . . . .

« Ainsi tous ses rivaux, ivres de renommée,

« Accourent, chancelants, vers la tombe affamée ! !

      « Ils meurent, les Césars !

« Et l'opprimé, souvent, du seuil de sa chaumière,

« Contemple, avec dédain, tous ces dieux de poussière

      « Renversés sur leurs chars !

« Ainsi, pensant régner, sous le beau ciel de France,

« Six fils aînés de rois, bercés par l'espérance,

      « Aperçoivent le port :

« En s'approchant du sceptre, ô tristes destinées !

« Tous, jusqu'à d'Orléans, depuis deux cents années,

      « Voient l'exil ou la mort !

« Chaque jour le soleil, immuable, se lève,

« D'un héros, chaque jour, la carrière s'achève !...

    « Retiens ceci mortel :

« Tout chrétien, quel soit-il, possède un nom durable ;

« De ses seules vertus le parfum agréable

    « Importe à l'Eternel. »

Si je savais, enfin, faire à l'homme comprendre

Que, né dans le péché, pécheur il doit s'attendre

    A des jours orageux :

Cet homme dont la vie est, par cent maux, flétrie,

Tournerait son espoir vers l'unique patrie

    Où l'on puisse être heureux !

VIII

De la stalle (25) où je suis, ne vois-je pas, d'un frère,
S'avancer le cercueil?.. Chrétien ! pour la prière,
     Réprime tes transports ;
Dis, sachant t'élever jusqu'à l'Être suprême,
Au son du glas funèbre, en pleurant sur toi-même,
     Dis le psaume des morts (26) :

« Du profond de l'abîme où j'espère sans cesse,
« Seigneur, qu'à m'écouter votre oreille s'abaisse,
     « Car j'ai crié vers vous.

3.

« Seigneur, donnez la force à mon âme abattue...
« Sur nos iniquités, si vous fixez la vue,
          « Qui peut se croire absous ?

« Connaissant votre loi, mon âme se rassure ;
« D'une prodigue main, sur votre créature,
          « Seigneur, versez l'espoir ;
« Parlez, que la tristesse en elle soit bannie ;
« Votre miséricorde est toujours infinie,
          « Comme votre pouvoir.

« Dès l'aurore, Israël, gémis dans la prière ;
« Pour être rachetée, en ton Seigneur espère
          « Jusqu'après le couchant.
« De toute iniquité sa parole délivre,
« Et ta gloire passée, à nos yeux doit revivre
          « La grâce t'approchant. »

. . . .

Oui, j'aime à visiter les hautes cathédrales,
Et, seul, me prosternant, frissonner sur les dalles
          Où dorment nos aïeux ;
Là, devant l'infini, l'orgueilleuse pensée
Vainement s'interroge... et, bientôt, oppressée,
          Soupire après les cieux !

IX

Ici, sur tous les cœurs, étend sa vigilance

Ce pasteur vénéré (27) par qui la Providence

      Répand mille bienfaits !

Et d'un clergé nombreux, les ferventes prières

Conjurent le Seigneur d'inonder de lumières

      Les croyants imparfaits !

Ici l'humble d'esprit, à qui Dieu se révèle,

Apprend qu'il doit renaître à la vie éternelle !

De nos ans le flambeau,
Dès qu'il est allumé, vacille et se consume :
Mais, alors qu'il s'éteint, pour jamais se rallume
Au delà du tombeau !

Conversant avec Dieu, nos âmes agrandies
Maîtrisent, sans effort, sous ces voûtes hardies (28),
Les penchants de la chair,
Et s'exilent du monde, en recueillant les preuves
Que, durant cette vie, et d'attente et d'épreuves,
Tout calice est amer (29) !

Ah ! lorsque de ton orgue aux tourelles gothiques (30),
Le souffle harmonieux s'unit à nos cantiques
Pour célébrer le ciel,
Croirai-je, ô temple saint ! que l'âme révoltée
Puisse entendre, sans trouble, et fière d'être athée (31),
Ce concert d'Israël !

Cerveau d'où les pensers sortent sans harmonie :
Tu ne pourras jamais, atteignant au génie,
Noblement méditer,
Si ta faible raison n'a rien qui la soutienne ;
Qui cherche à s'inspirer, sous l'égide chrétienne
Doit toujours s'abriter.

La vérité, des cieux, sublime messagère,

Au chrétien se dévoile, et, sur lui, tendre mère,

      Ouvre ses ailes d'or ;

Mais sa présence échappe aux yeux de l'incrédule,

Et quiconque, poëte, en soi la dissimule,

      Ne peut prendre l'essor.

X

C'est là que, méditant
Sur le destin des hommes,
Je vois pourquoi nous sommes
Des formes d'un instant.

E. B. DE LAVALLÉE,
Derniers chants du soir.

Immense basilique où se montre le zèle
De ces dignes prélats dont la foi mutuelle
     Éclaire le pécheur :
Quand mon âme sera, de ce monde, isolée,
Je reviendrai rêver auprès du mausolée
     Où dort le *bon pasteur* (52).

Car j'aime à visiter les hautes cathédrales,
Et, seul, me prosternant, frissonner sur les dalles
     Où priaient nos aïeux ;

Là, sondant l'infini, l'orgueilleuse pensée
Comprend son impuissance... et, bientôt, oppressée,
Soupire après les cieux !

NOTES.

(1) Dénomination que porta d'abord la ville d'Amiens, selon quelques auteurs, à cause de la fertilité de son territoire. — Voy. la note 31 de la *Dédicace*.

(2) Depuis le pavé de l'église jusqu'au coq de la flèche, il y a 402 pieds d'élévation. Cette élégante flèche, de forme pyramidale, construite en bois et couverte en plomb, fut commencée, en 1529, par Louis Cordon et Simon Taneau, charpentiers, et achevée en 1533. — Voy. Maurice Rivoire, *Description de la Cathédrale d'Amiens*, 1806.

La flèche du premier clocher, construite vers 1240, fut réduite en cendres, par la foudre, le 15 juillet 1527, et non pas en 1525, comme il est dit dans le *Magasin pittoresque*, tome I, article *Cathédrale d'Amiens*.

(3) *Vidi impium super exaltatum et elevatum sicut cedros Libani, et transivi, et ecce non erat; et quæsivi eum, et non est inventus locus ejus.*

— David, *Psalm.* XXXVI, 35, 36. — Voy. *Esther*, acte V, scène dernière.

(4)
> Vano è il savere, è la prudenza stolta,
> Frustaneo è il senno contra lui che splende
> Sul divo trono de l'empirea volta.
> PROVERBJ DI SALOMONE, XXI, 30.

Il n'y a point de sagesse, il n'y a point de prudence, il n'y a point de conseil contre le Seigneur.

> L'empio siccome un fulmine che passa
> Meno verrà : ma il giusto è quasi eterno
> Fondamento che mai non si conquassa.
> PROVERBJ DI SALOMONE, X, 25.

Le méchant disparaîtra comme une tempête qui passe ; le juste sera comme un fondement éternel.

(5) « Aujourd'hui que le fanatisme politique a succédé au fanatisme « religieux, on reconnaît cependant que l'Évangile règne sur les âmes « bien nées, et que les docteurs du mensonge et leurs idées rétrogrades « disparaîtront constamment devant les hautes moralités qui jaillissent « de la chaire chrétienne. » *Ménilmontant, ou Examen de la religion saint-simonienne mise en parallèle avec quelques sectes de l'antiq. et de l'état mod.*, par l'auteur, 1833.

(6) Placé derrière le maitre-autel, l'*Enfant pleureur* fait l'admiration des connaisseurs qui visitent ce temple ; c'est un chef-d'œuvre dû au ciseau de N. Blasset.

(7) Le grand autel, disposé à la romaine, est décoré d'un bas-relief doré représentant Jésus-Christ au jardin des Olives. Derrière cet autel, s'élève une gloire rayonnante dont l'immense proportion produit un très bel effet dans la perspective du temple.

(8) Exécutée en 1773, la chaire de cette église est un morceau de sculpture du premier ordre

(9) Évrard de Fouilloy, quarante-cinquième évêque d'Amiens (sous le pontificat d'Honoré III et le règne de Philippe-Auguste), posa la première pierre de ce monument en 1220, lequel fut terminé en 1288, du temps de Guillaume de Macon, cinquante-unième évêque, à l'exception des tours qui ne furent achevées que vers la fin du quatorzième siècle.

Les architectes ont été, successivement, Robert de Lusarche, Thomas de Cormont et Regnault son fils.

Le cénotaphe d'Évrard de Fouilloy est placé à droite de la porte principale de l'église, en entrant. Ce prélat, comme on sait, assista au concile de Latran, tenu en 1215.— Voy. A. P. M. Gilbert, *Description historique de l'église cathédrale de Notre-Dame d'Amiens*, 1833.

Parmi les principaux monuments religieux des onzième, douzième et treizième siècles, on doit citer : la cathédrale de Pise, bâtie sous la direction du célèbre architecte Buschetto da Dulichio (onzième siècle) ; la cathédrale de Chartres, commencée, en 1145, par une congrégation d'architectes ; Saint-Denis, rebâti par Suger ; Notre-Dame de Paris, fondée, en 1163, par l'évêque Maurice de Sully ; la cathédrale de Magdebourg (1207) ; la chapelle de Westminster, rebâtie sous Henri II, en 1220 ; la Sainte-Chapelle, due à saint Louis ; Saint-Trophime d'Arles ; la cathédrale de Cologne ; celle de Strasbourg, ouvrage d'Erwin de Steinbach (Erkivins de Stembach), et de cent mille ouvriers qui travaillèrent sous ses ordres.

Peintres et architectes de l'époque : Nicolas, de Pise (1250) ; S. Benezet, Provençal (1184) ; Théophile, Grec (onzième siècle) ; Azon, Français (1022) ; Eudes, de Montreuil (1289) ; Arnolphe, de Pise (1300) ; Le Giotto, de Florence (1336) ; Cimabué, de Florence, père de la peinture (1300), etc. Voy. pour les deux derniers paragraphes de cette note, M. Des Michels, *Précis de l'Histoire du Moyen Age*, 4ᵉ édition, 1834.

(10) Voici une anecdote, fort connue à la vérité, mais qui aura le mérite de l'à-propos, puisqu'elle se rapporte à l'un de ces justes réellement embrasés du feu de la charité : Sous Constantin-le-Grand, l'an 337, pendant un rude hiver, Martin, depuis évêque de Tours, passant par Amiens, donna à un pauvre, qu'il rencontra tout nu aux portes de la ville, la moitié de son manteau, à l'endroit où est actuellement bâtie l'église des Célestins. — Voy. le révérend père Daire, célestin, *Histoire de la ville d'Amiens*, etc., 1757.

(11) La première consécration connue de cette église se fit, le 10 juin 1483, par l'évêque Pierre Versé, sous les titres de *Notre Seigneur, la Sainte Vierge et tous les Saints*. La seconde consécration eut lieu le 14 juillet 1504, sous le titre de la *Sainte Vierge*.

(12) Cet édifice est peut-être le seul qui soit parvenu jusqu'à nous sans altération ; il a été préservé des atteintes du vandalisme pendant la tourmente révolutionnaire de 1793.

(13) Jean de la Grange, cardinal et cinquante-cinquième évêque d'Amiens. Il fut surintendant des finances sous Charles V et l'un de ses exécuteurs testamentaires. Mort à Avignon, le 24 avril 1402. — Voy. l'abbé Ladvocat, *Dictionnaire historique*, 1777.

(14) Cette église renferme plusieurs morceaux très estimés du sculpteur N. Blasset, né à Amiens. — Voy. la note 6.

(15) Le chef de saint Jean-Baptiste, apporté de Constantinople et donné par Walon de Sarton, gentilhomme picard et chanoine de Pecquigny (17 décembre 1206).

> Où gist soubs glace en forme égalle
> Le chef de sainct Iean reuéré,
> Ceinct de lueur orientale,
> Dans un plat d'or de la main sale
> D'un fier Mahumet retiré.

ADRIAN DE LA MORLIÈRE,
Antiq. hist. et choses plus remarq. de la ville d'Amiens poétiqvement traictées, éd. 1727.

(16) Jean-François de Demandolx, quatre-vingt-troisième évêque d'Amiens ; il était d'une grande modestie, et son humilité lui faisait considérer l'épiscopat comme un fardeau presque accablant. Le cœur de ce prélat est dans l'urne en marbre qui surmonte son épitaphe.

(17) Ce poëte célèbre, né à Amiens, y mourut en 1777. Ses dépouilles mortelles furent exhumées du cimetière Saint-Denis d'Amiens, le 16 août 1811, et déposées dans l'église cathédrale avec une inscription devenue presque illisible sous les pas des visiteurs (voyez l'épigraphe), et au-dessus de laquelle on a placé une nouvelle inscription latine.

(18) Les reliques de saint Firmin le martyr, apôtre de la Picardie.

Le christianisme fut établi au troisième siècle à Amiens. Saint Firmin, premier évêque de cette ville, y enseigna l'Évangile, et y reçut la couronne du martyre, le 25 septembre 303, selon C. Baronius (*Annales ecclésiastiques*, 1593), par l'ordre de Sébastien Valère, préfet romain. Le sénateur Faustinien, converti par saint Firmin, fit recueillir les membres dispersés de ce confesseur et les fit enterrer dans un lieu nommé *Abladène* (aujourd'hui Saint-Acheul), où fut bâtie, plus tard, la première église qui servit de siége aux évêques d'Amiens.

Saint Firmin fut précédé, dans sa mission évangélique, par saint Quentin, apôtre du Vermandois, et par saint Fuscien et saint Victoric, envoyés par saint Denis, premier évêque de Paris, pour travailler à la conversion des Morins (Flamands). Saint Quentin fut décapité le 31 octobre 287, après des tortures inouïes ; et Rictiovare, préfet de Dioclétien, dans les Gaules, secondant les fureurs de Maximien Hercule, associé à l'empire, fit subir le même sort aux envoyés de saint Denis, le 11 décembre 287.

Avant les événements de 1789, l'église cathédrale d'Amiens possédait un grand nombre de reliques dont elle a été dépouillée, en partie, pendant 1793. Les plus remarquables étaient : une portion de la vraie croix ; le chef de saint Jean-Baptiste ; la tête de sainte Ulphe, enchâssée dans un buste d'argent doré, donné par la princesse Isabeau, épouse d'Édouard II, roi d'Angleterre ; le corps de saint Firmin ; celui de saint Honoré ; les châsses de saint Gentien, de saint Domice, de saint Acheul, de saint Vulphy ; le menton de saint Jacques, apôtre ; le doigt de saint Thomas ; les ossements de saint André, de saint Luc, de saint Laurent ; les cheveux de la sainte Vierge ; ceux de la Madeleine, etc. — Voy. pour les paragraphes 2 et 3 de cette note, Anquetil, *Histoire de France*, tome 1er, p. 224, éd. 1833.

(19) Le 23 janvier 1263, saint Louis y prononça une sentence mémorable en faveur de Henri III, roi d'Angleterre, contre ses barons, cassant et annulant les articles arrêtés par ces derniers, dans le parlement d'Oxford, et déclarant nuls les serments faits par Henri.

(20) Charles VI y vint épouser en personne Isabelle (fille du duc de

Bavière Ingoldstadt), célèbre par sa beauté, par son ambition et par sa fourberie (1385). .

(21) Ce prince vint y rendre grâces à Dieu de la reprise d'Amiens sur les Espagnols. (Prise d'Amiens, le 11 mars 1597 ; reprise de cette ville, le 25 septembre 1597). — Voy. la note 28 de la *Dédicace* , et Adrian de la Morlière, *Les Antiquités*, etc., 1642.

(22) Le 6 juin 1329 (*suivant notre calendrier grégorien, que les Anglais n'ont commencé à adopter qu'en* 1752), Edouard III, roi d'Angleterre (et non pas Édouard Ier, comme il est dit par erreur d'impression dans l'*Annuaire du département de la Somme*, année 1837, par A. Vast), y rendit la foi et hommage à Philippe VI de Valois, pour la Guyenne, et comme pair de France, comte de Ponthieu et de Montreuil, en présence des trois rois de Bohême, de Majorque et de Navarre. Les ducs de Bourgogne, de Bourbon et de Lorraine ; les autres princes du sang ; les deux reines, veuves de Philippe-le-Long et de Charles-le-Bel, furent aussi témoins de cette imposante solennité. Édouard, au dire de Paul-Emile, Belle-Forest, du Haillan et autres, se mit à genoux, sur un oreiller, devant Valois. Mais, furieux d'avoir accompli un tel acte de soumission devant son suzerain, et excité par Robert d'Artois, qui s'était retiré à sa cour quand il avait vu échouer ses prétentions sur le comté d'Artois, Édouard déclara la guerre à Philippe de Valois. Cette guerre eut, pour la France, comme on sait, les plus funestes résultats.

> D'où ie fus encor la demeure
> Et des Empereurs et des Roys,
> Si qu'on y vit quatre à mesme heure
> Clorre la paix, mais las ! peu scure
> Avec Philippe de Valois.
>
> ADRIAN DE LA MORLIÈRE,
> *Antiq. histor. et choses plvs remarq. de la ville d'Amiens, etc.*

— Voy. Anquetil, *Histoire de France*, tome III, p. 128 à 131 et 134 à 157, éd. 1833. — Le révérend père Daire, célestin, *Histoire de la ville d'Amiens*, etc., 1757. — H. Dusevel, *Notice historique et descriptive de l'église cathédrale de Notre-Dame d'Amiens*, 1830.

(23) Ce temple a été visité par plusieurs souverains, ainsi qu'il a été dit. Tels furent Louis IX; Charles VII; Louis XI (il y vint en 1483, et avait coutume d'appeler Amiens *sa petite Venise*); Charles VIII et la reine Anne de Bretagne; Louis XII; François Ier; Charles IX; Louis XIII; Louis XIV; l'infortuné Jacques II; roi d'Angleterre; le czar Paul Ier; Napoléon; Louis XVIII; Charles X; etc. — Voy. A. P. M. Gilbert, *Descrip-*

— 48 —

tion historique de l'église cathédrale de Notre-Dame d'Amiens, 1833 ; et, pour plus de détails sur certains personnages, le révérend père Daire, célestin, *Histoire de la ville d'Amiens*, etc., 1757.

(24)
> Devant la multitude,
> L'aigle, du haut des airs,
> Tomba de lassitude
> Sur l'abime des mers !

DIEU SEUL RESTE ! Ode, par l'Auteur.

(25) Le travail de la boiserie, des stalles du chœur, disposées en deux rangs étagés de chaque côté, est aussi riche qu'élégant.

(26) Psaume 129ᵉ ou 6ᵉ de la Pénitence.

(27) Monseigneur Jean-Marie Mioland, successeur de monseigneur Jean-Pierre de Gallien de Chabon, quatre-vingt-cinquième évêque d'Amiens, démissionnaire en 1837.

(28) Les voûtes, élevées sur 126 colonnes, sont généralement à arétes, et reposent sur quatre nervures croisées diagonalement.

(29)
> Il suffit, pour pleurer, de songer qu'ici-bas
> Tout miel est amer, tout ciel sombre.

V. HUGO.

(30) L'orgue de cette cathédrale fut commencé en 1422, et terminé en 1429, en grande partie avec les dons de Massine de Haynau et d'Alphonse le Myrhe ou le Mire, son époux, receveur des aides à Amiens, et valet de chambre de Charles VI.

Cet orgue magnifique, qui a subi quelques changements dans sa forme primitive, est un *seize-pieds* ordinaire avec une bombarde au pied et une à la main, et avec claviers descendant en *ut* et montant en *ré*.

La boiserie de la montre et des tourelles est ornée de rimeaux peints et dorés.

(31) « La nature humaine est si faible, que les hommes sans religion « me font frémir avec leur périlleuse vertu, comme les danseurs de « corde avec leurs dangereux équilibres. »   DE LÉVIS.

(32) Charles Hémard de Denonville, cardinal et soixante-dixième évêque d'Amiens. Ses vertus et sa vie exemplaires lui acquièrent le glorieux surnom de *Bon Pasteur*.

IMPRIMERIE DE J. BELIN-LEPRIEUR FILS, RUE DE LA MONNAIE, 1.

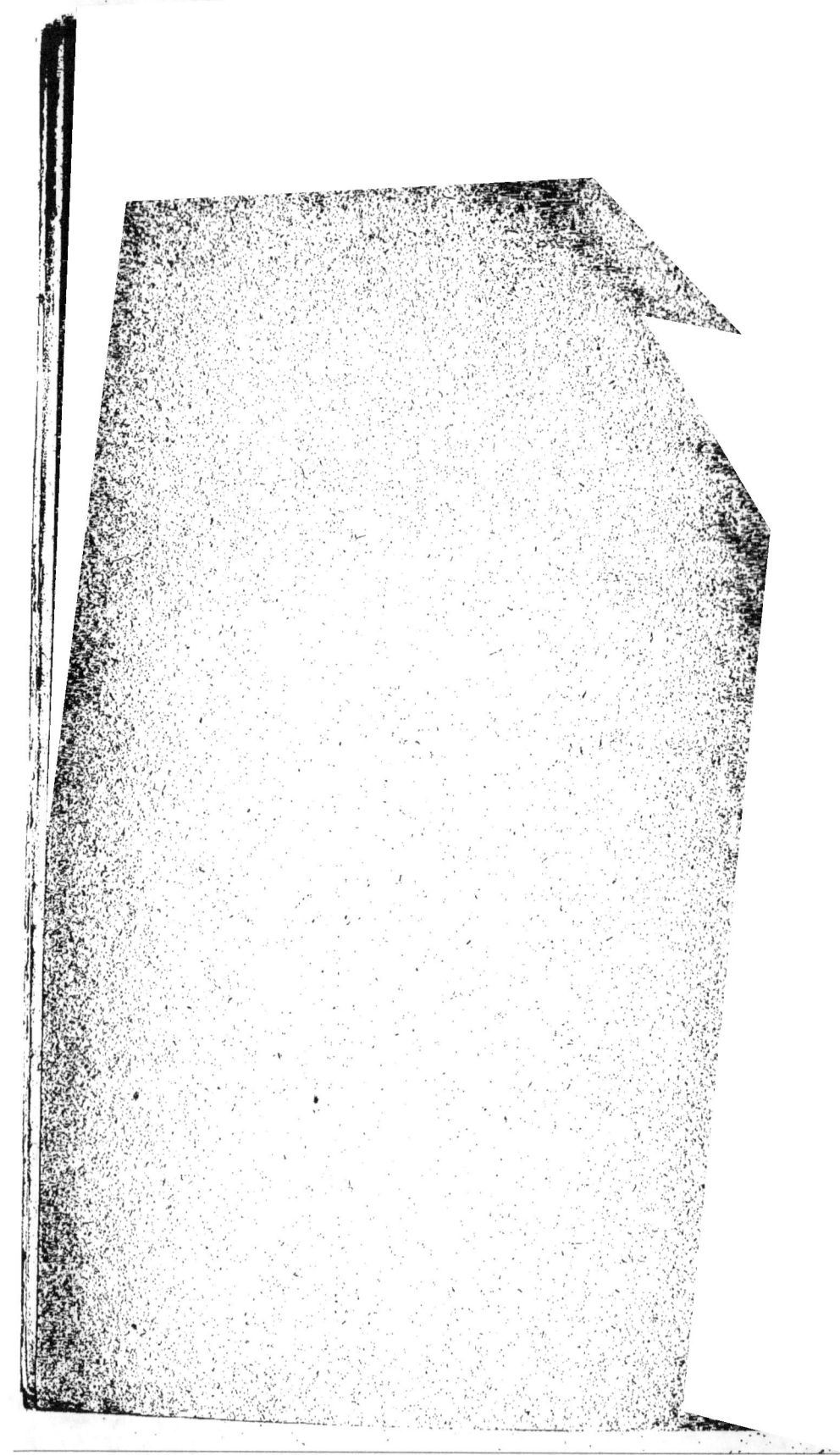